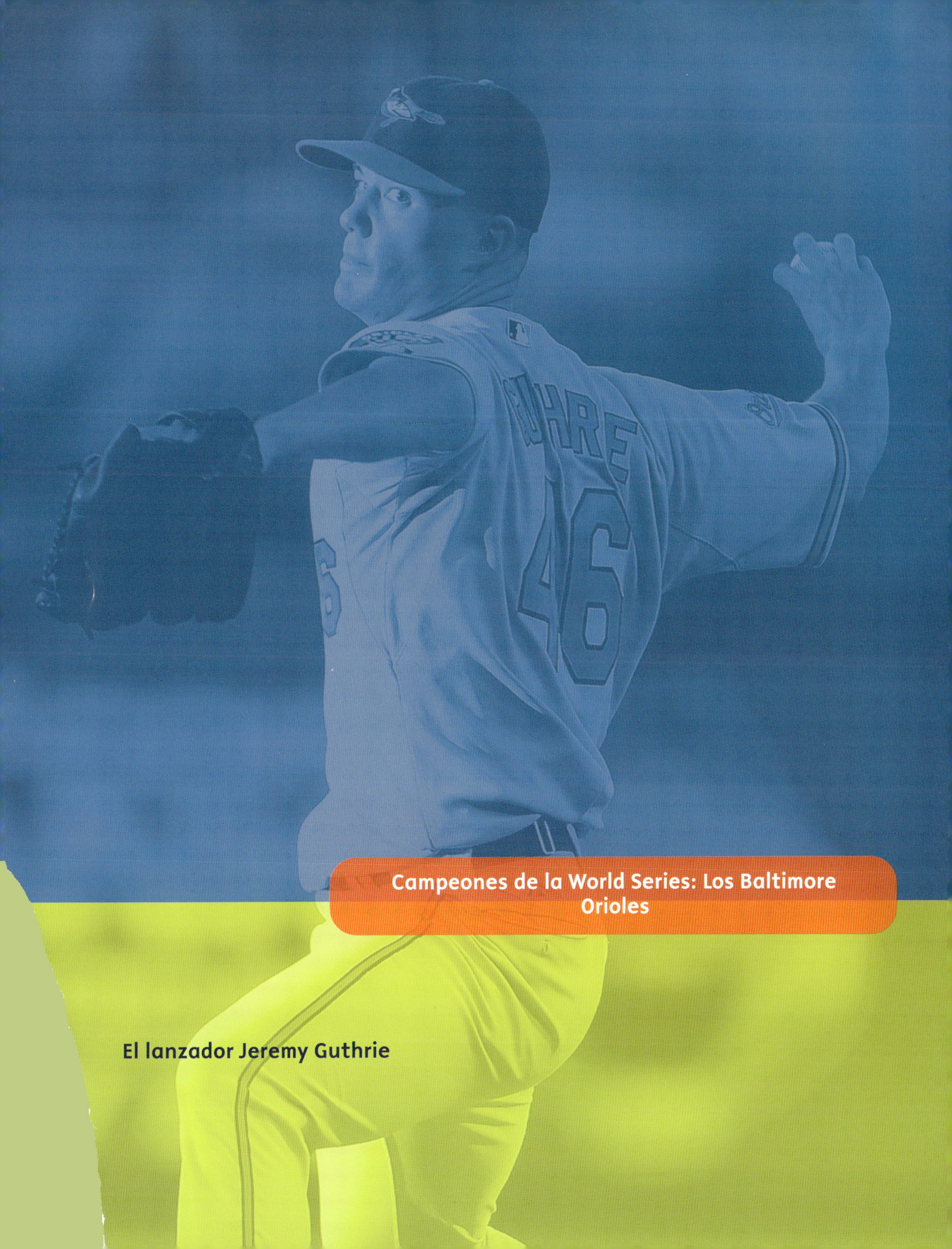

Campeones de la World Series: Los Baltimore Orioles

El lanzador Jeremy Guthrie

El primera base Eddie Murray

CAMPEONES DE LA WORLD SERIES

LOS BALTIMORE ORIOLES

MICHAEL E. GOODMAN

CREATIVE EDUCATION/CREATIVE PAPERBACKS

Publicado por Creative Education y Creative Paperbacks
P.O. Box 227, Mankato, Minnesota 56002
Creative Education y Creative Paperbacks son marcas editoriales de The Creative Company
www.thecreativecompany.us

Dirección de arte por Tom Morgan
Diseño y producción por Ciara Beitlich
Editado por Joe Tischler

Fotografías por AP Images (Randy Litzinger/Icon Sportswire, Al Messerschmidt Archive), Getty (Bruce Bennett, Lisa Blumenfeld, Focus On Sport, Bob Gomel, Mitchell Layton, Ezra Shaw, Patrick Smith, The Sporting News, SPX/Diamond Images, Jamie Squire, Tony Tomsic, Ron Vesely), Shutterstock (Kevin Ruck)

Library of Congress Cataloging-in-Publication Data
Names: Goodman, Michael E., author.
Title: Los Baltimore Orioles / by Michael E. Goodman.
Description: Mankato, Minnesota : Creative Education and Creative Paperbacks, [2024] | Series: Creative sports. Campeones de la World Series | Includes index. | Audience: Ages 7-10 years | Audience: Grades 2-3 | Summary: "Elementary-level text and engaging sports photos highlight the Baltimore Orioles' MLB World Series wins and losses, plus sensational players associated with the professional baseball team such as Jim Palmer"-- Provided by publisher.
Identifiers: LCCN 2023015520 (print) | LCCN 2023015521 (ebook) | ISBN 9781640269378 (library binding) | ISBN 9781682774878 (paperback) | ISBN 9781640269613 (ebook)
Subjects: LCSH: Baltimore Orioles (Baseball team)--History Juvenile literature. | Oriole Park at Camden Yards (Baltimore, Md.)--Juvenile literature. | World Series (Baseball)--History--Juvenile literature. | American League of Professional Baseball Clubs--History--Juvenile literature.
Classification: LCC GV875.B2 G6618 2024 (print) | LCC GV875.B2 (ebook) | DDC 796.357/64097526--dc23/eng/20230411

Impreso en China

Campeones de la World Series de 1970

El campocorto Cal Ripken Jr.

CONTENIDO

El hogar de los Orioles 8

Nombrando a los Orioles 11

Historia de los Orioles 13

Otras estrellas de los Orioles 18

Sobre los Orioles 22

Glosario 23

Índice 24

El hogar de los Orioles

Baltimore, Maryland, es el hogar de la primera línea de ferrocarril en los Estados Unidos. Una parada de esa línea era Camden Station. Actualmente, en ese lugar está un **estadio** de béisbol. Se llama Oriole Park en Camden Yards. Allí juega el equipo de béisbol los Orioles.

Los Baltimore Orioles son un equipo de béisbol de la Major League Baseball (MLB). Juegan en la División Este de la American League (AL). Sus mayores **rivales** son los New York Yankees y los Boston Red Sox. Todos los equipos de la MLB intentan ganar la World Series para convertirse en campeones.

El lanzador Mike Mussina

Nombrando a los Orioles

Los Baltimore Orioles obtuvieron su nombre en 1954. Los dueños del equipo eligieron el nombre de los Orioles, por el ave representativa del estado de Maryland. Las plumas de las oropéndolas machos de Baltimore son de color naranja brillante y negro. Así que los jugadores de los Orioles llevan gorras naranjas y negros. Las gorras tienen la caricatura de una oropéndola. Algunos aficionados llaman al equipo los "O's" o los "Birds" (aves).

El campocorto Vern Stephens

Historia de los Orioles

Los Orioles empezaron a jugar en 1901 en Milwaukee, Wisconsin. Fueron nombradas los Brewers. Al año siguiente, el equipo se mudó a St. Louis, Missouri. Su nombre cambió a los Browns. Los Browns generalmente terminaban casi en el último lugar de la liga. Finalmente, en 1944, el campocorto estrella Vern Stephens los llevó a su primera World Series. Perdieron 4 juegos a 2.

En 1954, los Browns se mudaron a Baltimore. Se convirtieron en los Orioles. Los aficionados de Baltimore los adoraban. Dos favoritos de los aficionados eran el jardinero Frank Robinson y el tercera base Brooks Robinson. En 1966, ellos llevaron a los Orioles a la World Series contra los poderosos Los Angeles Dodgers. Baltimore ganó los cuatro juegos. ¡Ellos capturó del campeonato!

El jardinero Frank Robinson

El lanzador Jim Palmer

En 1968, el feroz mánager Earl Weaver tomó el mando del equipo. Dirigió a sus jugadores con fuerza. Se convirtieron en grandes ganadores. Bajo la dirección de Weaver, los Orioles jugaron en cuatro World Series. En 1970, ganaron un campeonato. Los excelentes lanzadores Jim Palmer y Dave McNally fueron difíciles de vencer.

Futuros jugadores del **Salón de la Fama**, Cal Ripken Jr. y Eddie Murray, llevaron a los O's a otro **título** en 1983. Ripken estuvo increíble. ¡Jugó en todos los juegos durante 15 temporadas consecutivas!

Otras estrellas de los Orioles

Mike Mussina fue uno de los mejores lanzadores en la década de 1990. Jugó en cinco Juegos de Estrellas.

El mánager Buck Showalter tomó el cargo en 2010. Llevó a los Orioles a las **eliminatorias** en tres ocasiones. Tristemente, no volvieron a llegar a la World Series.

El jardinero Cedric Mullins es uno de los corredores más veloces de la AL. Dos veces el robó, al menos 30 bases en una temporada.

El jardinero Cedric Mullins

El jardinero Anthony Santander

El jardinero derecho Anthony Santander es un poderoso bateador. También poncha a muchos corredores en las bases. Los aficionados esperan ver a estas estrellas jugar partidos de la World Series en Oriole Park pronto.

Sobre los Orioles

Comenzaron a jugar en: 1901

Liga/división: Liga Americana, División Este

Colores del equipo: negro y naranja

Estadio local: Oriole Park at Camden Yards

CAMPEONATOS DE LA WORLD SERIES:

1966, 4 juegos a 0, venciendo a Los Angeles Dodgers

1970, 4 juegos a 1, venciendo a los Cincinnati Reds

1983, 4 juegos a 1, venciendo a los Philadelphia Phillies

Sitio web de los Baltimore Orioles: www.mlb.com/orioles

Glosario

eliminatorias: partidos que juegan los mejores equipos después de una temporada para ver quién será el campeón

estadio: un edificio con niveles de asientos para los espectadores

rival: un equipo que juega muy duro contra otro equipo

Salón de la Fama: museo donde se honra a los mejores jugadores de todos los tiempos

título: otra forma de decir campeonato

El tercera base Brooks Robinson

Índice

Juego de Estrellas, 13

McNally, Dave, 17

Milwaukee, Wisconsin, 13

Mullins, Cedric, 18

Murray, Eddie, 17

Mussina, Mike, 18

nombre del equipo, 11

Oriole Park at Camden Yards, 8, 21

Palmer, Jim, 17

Ripken, Cal, Jr., 17

Robinson, Brooks, 14

Robinson, Frank, 14

Santander, Anthony, 21

Showalter, Buck, 18

St. Louis, Missouri, 13

Stephens, Vern, 13

Weaver, Earl, 17